司機
鼴太郎

軌道維修員
紅土

車站服務員
鼴助

鼴鼠便當店 店員
鼴土弟

列車長
鼴次郎

車輛清潔員
小黑

出發吧！
鼴鼠號小火車

文圖 大森裕子
翻譯 黃惠綺

今天是「鼴鼠號小火車地下觀光團」
出發的日子。

參加地下觀光團的旅客，
請到「鼯鼠土堆」站集合。

請您留意腳步，慢慢往下走喔。

噗ㄆㄨ 嚕ㄌㄨ 嚕ㄌㄨ 嚕ㄌㄨ 嚕ㄌㄨ 嚕ㄌㄨ 嚕ㄌㄨ 嚕ㄌㄨ ……

肚ㄉㄨˋ子ㄗˇ餓ㄜˋ了ㄌㄜ˙，
來ㄌㄞˊ吃ㄔ便ㄅㄧㄢˋ當ㄉㄤ吧ㄅㄚ˙！

地層三明治

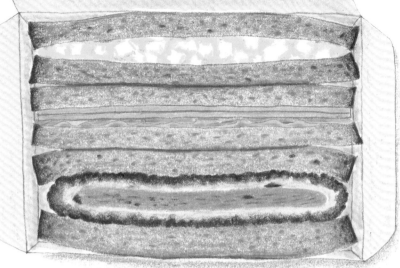

鼯鼠號小火車便當

細嚼慢嚥便當

地下寶藏便當

叩ㄎㄡˋ隆ㄌㄨㄥˊ叩ㄎㄡˋ隆ㄌㄨㄥˊ——— 叩ㄎㄡˋ隆ㄌㄨㄥˊ叩ㄎㄡˋ隆ㄌㄨㄥˊ———
即ㄐㄧˊ將ㄐㄧㄤ抵ㄉㄧˇ達ㄉㄚˊ「農ㄋㄨㄥˊ田ㄊㄧㄢˊ下ㄒㄧㄚˋ」站ㄓㄢˋ。

請各位帶著
工作手套和鏟子下車。

農田下

← 栗子森林　　化石博物館

好多馬鈴薯、胡蘿蔔和洋蔥。
記得要挑那些看起來很美味的唷！

採了好多喔，收穫滿滿。
那我們差不多要出發囉！

叩ㄎㄡˋ隆ㄌㄨㄥˊ叩ㄎㄡˋ隆ㄌㄨㄥˊ———— 叩ㄎㄡˋ隆ㄌㄨㄥˊ叩ㄎㄡˋ隆ㄌㄨㄥˊ————

月光蟋蟀號列車

蟬寶寶號
特快車

蛇行號列車

亮晶晶蚯蚓號列車

鼴鼠號小火車

汽鏘汽鏘——叩隆叩隆——
即將抵達「化石博物館」站。

獨角仙號特快車

蝸牛號觀光列車

鼠婦號火車

蜥蜴號快速列車

這些是地底下的化石，
請大家慢慢欣賞。

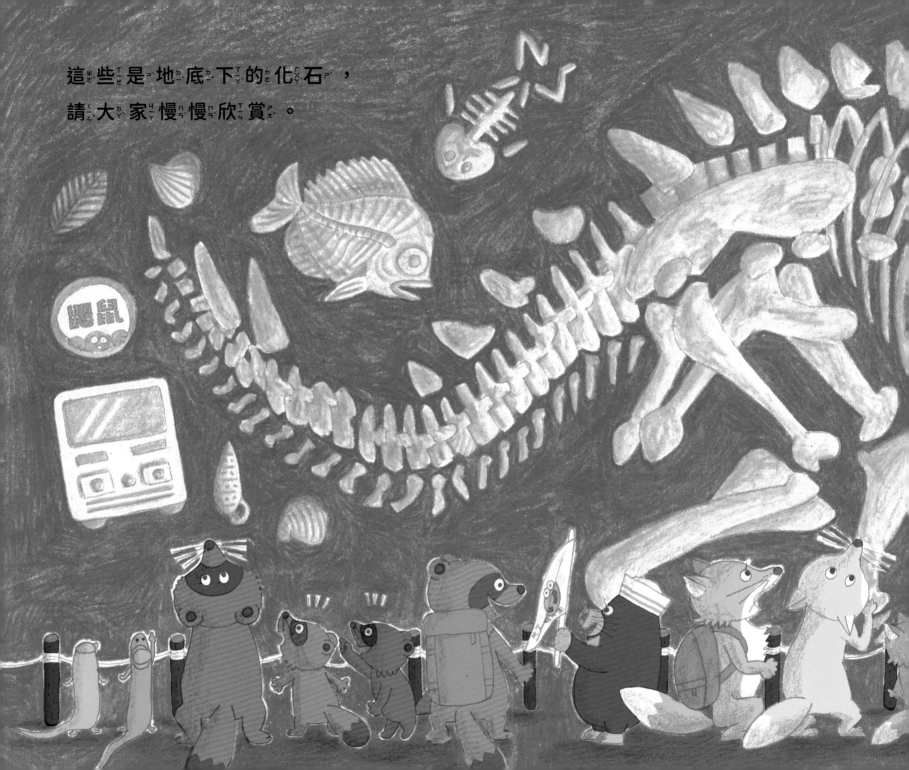

「樹根公園」站到囉，
請大家自由參觀玩耍。

「蟻窩迷宮」站到了，
我們會在終點處等候各位。

下一站是「溫泉小鎮」。
接下來的路段，列車會有一點搖晃，請繫好安全帶！

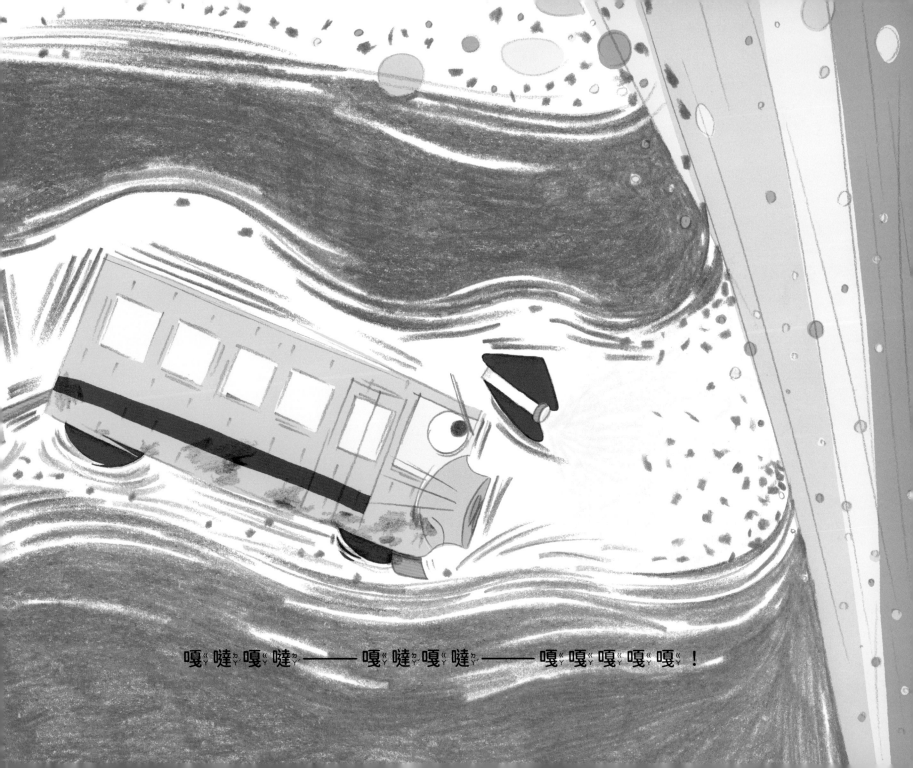

嘎ㄍㄚ噠ㄉㄚ嘎ㄍㄚ噠ㄉㄚ ——— 嘎ㄍㄚ噠ㄉㄚ嘎ㄍㄚ噠ㄉㄚ ——— 嘎ㄍㄚ嘎ㄍㄚ嘎ㄍㄚ嘎ㄍㄚ嘎ㄍㄚ！

抵達終點站「溫泉小鎮」。
啊———泡溫泉好舒服啊！

熱呼呼的「地下蔬菜咖哩」做好了，
大家一起開動吧！

大森裕子

日本繪本作家與插畫家。

1974 年生於日本神奈川縣，畢業於東京藝術大學研究所。

主要繪本作品有《你是由什麼做的呢？》(維京)、《麵包出爐了》、《貓咪亮相了》(小魯) 等。

https://iri-seba.com

國家圖書館出版品預行編目(CIP)資料

出發吧！鼴鼠號小火車 / 大森裕子文·圖；黃惠綺翻譯.
-- 第一版. -- 臺北市：親子天下股份有限公司, 2023. 04
32面；26x20.4公分
國語注音
ISBN 978-626-305-453-0 (精裝)
861.599   112003430

CHIKATETSU MOGURA-GO
by Hiroko Ohmori
Copyright © 2020 Hiroko Ohmori
Original Japanese edition published by Transportation News Co., Ltd.
All rights reserved.
Chinese (in Traditional character only) translation copyright © 2023 by CommonWealth Education
Media and Publishing Co., Ltd.
Chinese (in Traditional character only) translation rights arranged with
Transportation News Co.,Ltd. through Bardon-Chinese Media Agency, Taipei.

繪本 0321

出發吧！鼴鼠號小火車

文圖｜大森裕子　翻譯｜黃惠綺

責任編輯｜謝宗穎　特約編輯｜劉握瑜　美術設計｜林子晴　行銷企劃｜張家綺
天下雜誌群創辦人｜殷允芃　董事長兼執行長｜何琦瑜
媒體暨產品事業群
總經理｜游玉雪　副總經理｜林彥傑　總編輯｜林欣靜
資深主編｜蔡忠琦　版權主任｜何晨瑋、黃微真

出版者｜親子天下股份有限公司　地址｜台北市 104 建國北路一段 96 號 4 樓
電話｜（02）2509-2800　傳真｜（02）2509-2462　網址｜www.parenting.com.tw
讀者服務專線｜（02）2662-0332　週一～週五：09:00~17:30
傳真｜（02）2662-6048　客服信箱｜parenting@cw.com.tw
法律顧問｜台英國際商務法律事務所·羅明通律師
製版印刷｜中原造像股份有限公司
總經銷｜大和圖書有限公司　電話：（02）8990-2588

出版日期｜2023 年 5 月第一版第一次印行
定價 350 元　書號｜BKKP0321P　ISBN｜978-626-305-453-0（精裝）

訂購服務 ─────────────────────
親子天下 Shopping｜shopping.parenting.com.tw
海外·大量訂購｜parenting@cw.com.tw
書香花園｜台北市建國北路二段 6 巷 11 號　電話（02）2506-1635
劃撥帳號｜50331356　親子天下股份有限公司

立即購買 >

地下觀光團
紀念章集章處 ①

請自由使用

地下觀光團
紀念章集章處 ②

地下觀光團
紀念章集章處 ③

地下觀光團
紀念章集章處 ④

地下觀光團
紀念章集章處 ⑤

地下觀光團
紀念章集章處 集滿啦